Maria Espluga

Yo, Bailarina

Combel
EDITORIAL

Yo quiero ser bailarina
como mi mejor amiga.

Me trago la vergüenza
para salir al escenario.

Sueño con un país de juguete
y me enamoro del payaso.

Aspiro profundamente
y toco el cielo con la nariz.

Soy el hada de la noche
que despierta a la primavera.

Soy una rosa roja en un jardín encantado,

la princesa que sabe mil y un cuentos...

y un ratoncito en La Bella Durmiente.

También quiero ser una bruja terrible...

¡y un monstruo,
y un árbol,
y la lluvia y el viento!

¡Uf!... Y por fin...

¡vuelvo a ser yo misma!

A mi padre y mi madre.
Y a Mari.

© 2005, Maria Espluga
© 2005, Combel Editorial, S.A.
Casp, 79 · 08013 Barcelona
Tel.: 93 244 95 50 – Fax: 93 265 68 95
Primera edición: septiembre de 2005
ISBN: 84-7864-995-6
Depósito legal: M-32.508-2005
Printed in Spain
Impreso en Orymu, S.A., Pinto (Madrid)